20788

TRIOMPHE
ROYAL
DE HENRY LE GRAND
Sur sa statuë de Bronze dressee sur
le Pont des HENRIS.

Dedié à Monsieur Bartolini Gentil-homme Florentin, Agent de Monsieur le Grand
Duc de Toscane.

A PARIS,

Chez IEAN DV CARROY, Imprimeur demeu
rant ruë de Rheims pres le College.

M. DC. XIIII.

AVEC PRIVILEGE DV ROY.

Extraict du priuilege du Roy.

PAr grace & priuilege du Roy, Il est permis à Iean du Carroy, Imprimeur & Libraire, d'imprimer ou faire imprimer, vendre & distribuer vn liuret intitulé *le Triomphe Royal de Henry le Grand*, sur la statuë de Bronze dressee sur le Pont des HENRYS. Et ce pour le terme de trois ans consecutifs auec deffences à tous autres Imprimeurs & Libraires du Royaume de France, de quelques prouinces qu'ils soient, des subjets du Roy, l'Imprimer ou faire Imprimer, vendre debiter tenir & achepter, ny eschanger. ou trafiquer dedans ou dehors ledit Royaume, aucuns desdits liurets, ny les augmenter ou diminuer, sans le sçeu & consentemét dudit du Carroy, aux peines & amendes appliquables, ainsi que plus amplement est contenu es lettres patentes de sa majesté, Données à Paris le vingtneufiesme iour d'Octobre, l'an de grace mil six cens quatorze & de son regne le cinquiesme.

Par le Roy en son Conseil,

MARESCOT.

A MONSIEVR MONSIEVR
Bartolini Gentil-homme Florentin,
Agent de monsieur le Grand Duc de
Toscane.

MONSIEVR,

COMME la celebre ville de Florence, ait acquis
sur toutes celles d'Italie, le prix & la gloire des
edifices excellens, & des ouurages autāt riches
que rares : Aussi a elle eu des Ducs & des Seigneurs, qui ont si dextremēt mesnagé l'esprit
& l'industrie de leurs subiets, qu'ils ont tiré de leurs trauaux
laborieux les chefs d'œuures qui seruent d'embelissement à
leur ville, & à eux de renommée. Cosme de MEDICIS double-
ment Grand, & de tiltre & de vertu, entr'autres merueilles eut
vn miroir si artistement & curieusement elabouré, qu'il repre-
sentoit à toutes heures l'Image de ce Grand Duc: au moyen
de la reflexion des traits & des lignes de son visage, grauées
dans l'escorce d'vn certain arbre opposé battāt sur ceste glace.
Le Pratolin epitome de toute mignardise, les fontaines l'af-
semblage & le compliment des singularitez de l'Italie, & les
Domes magazins de toutes raretez seruiroient de cautió à ma
foy, si leurs ouurages ne venoient iusques au cœur de la Frāce, resmoigner auec deuotion les effects de leur industrie. La
France en est redeuable à ce Grand & Noble Duc qui les gouuerne, la Noblesse s'en confesse son obligé, le peuple luy en
doibt des recognoissances, & Paris en a faict esclater sa ioye
aux despens de ses artifices. Car d'auoir rendu à l'vne le Fleu-
ron le plus esclatant de ses lys, à l'autre le premier de ses Ca-
pitaines, A celuy-là l'Astre benin qui ramenoit les influences
d'vn nouueau siecle d'or, & a cette-cy l'Esprit & le contrepois
qui l'esleuoit au fest de ceste grandeur où elle est arriuée,
qu'est ce sinon rendre d'vne mesme main des honneurs du
courage, des excez de resiouyssance, & de la gloire à la Frāce,
à la Noblesse, au Peuple, & aux Parisiens. Or encores que ses

secondes causes & mouuements viennent en suite, & en de-
pendence du premier, duquel ils empruntent l'honneur de
leurs actions, si faut-il auoüer auec verité qu'ils en tiret part:
d'autant qu'ils seruent comme de liens & de chaisnons, qui
marient l'obeyssance des effects au pouuoir de leurs causes
Et comme l'on n'a iamais rendu l'honneur d'vne victoire si-
gnalée au Capitaine, que d'vne mesme main l'on n'en aye fait
reialir les odeurs & les parfums sur la valeur des soldats. Aussi
ne pouuons nous en la recognoissance que nous deuons à ce
Noble Duc de Florence, que nous ne vous soyons grande-
ment redeuables, pour nous auoir amené par tant de difficul-
tez ceste Machine Royale, & l'auoir tiree de vostre Arne pour
la dresser sur nostre Seine, apres luy auoir fait heureusement
vaincre les vents & les flots de l'Ocean. Que si les Roys de
l'Albanie, ont deu des obligations tres-estroites à Anchise,
qui auoit sauué du sac & des ruines de Troye les dieux domes-
tiques, & le sacré feu das vestales: ils n'en ont esté moins te-
nus à leur Aenee, lequel apres les auoir conseruez & guaren-
tis parmy le choc imperieux de ses infortunes, les apporta
iusques dans leurs foyers. Ce bô Dæmon de la France, ce Dieu
de nos delices, ce Genie de nostre fœlicité tiré du fond de la
mort, & resleué sur la grandeur excessiue de ce Bronze par
vostre Grand Duc, estoit pour ne reuoir iamais les riuages de
sa France, s'il ne vous eust eu pour guide de son bon-heur à
trauers la foule espaisse des trauerses & des rencontres qui oc-
cupent vn chemin si peu aisé. C'est ce qui m'a esmeu de vous
dedier si librement le peu de strances que mô affection a ren-
dües à la memoire de ce Monarche: afin que parmy les obligations que les François doment à la magnificence de vostre
Grand Duc, le soing affectueux que vous auez rapporté à
leur conseruer ce riche monument, ayt part à la gloire & à la
recognoissance. Ie vous en offre ces premices cüeillies sur le
desir quoi ay d'estre honoré du tiltre, Monsieur de.

Vostre tres-humble & tres-affectionné seruiteur,

RENE' DV MOVLIN.

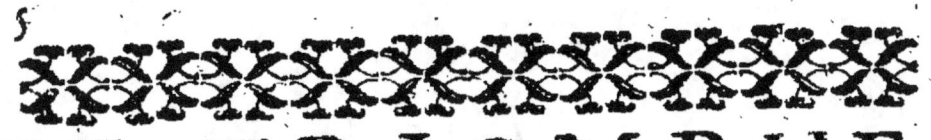

LE TRIOMPHE
ROYAL DE HENRY
LE GRAND.

Sur sa statuë de Bronze dressée sur le
Pont des HENRYS.

STANCE PREMIER.

GRAND *Cesar de nos Roys, grand Roy de*
nos Cesars,
Grand en guerre & en paix, aux armes &
aux arts,
Ce iour redonne iour, au bril de ta memoire,
Vien O Royal Phœnix, vien renaiſtre plus beau,
Pour monſtrer que la mort qui met tout au tombeau
N'aura iamais pouuoir d'y confiner ta gloire.

II.

Les Ceſars, les Metels, les Camilles guerriers,
Qui ont eu ſur leur front des genereux lauriers
Au mourir ont ſenty leur loüange eſtouffée,
Ceſar apres ſa mort n'a iamais Triomphé
Mais lors que l'on ta veu (Grand Monarche) eſtouffé,
C'eſt lors que l'on s'eſt mis à dreſſer ton trophée.

III.

Ces chars, ces chants, ces fleurs, ces cheuaux argentez,
Ces Lyons adoucis, ces Elephans domptez,
Qui traiſnoient les vainqueurs au feſt d'vn Capitole,
N'eſtoient que les outils d'vn Triomphe menteur
Dont l'orgueilleux ſoldat & le peuple flatteur,
N'honnoroit le vainqueur tant qu'vne vaine Idole.

I I I I.

Or bien que ces pipeurs les euſſent adorez
Encor' que tels appreſts les euſſent honnorez,
Ce n'eſtoit que du fard meſlé parmy l'enuie
Les ſuperbes vainqueurs eſtoient plus crains qu'aymez,
Et le cœur des ſubjets à la hayne animez
N'aymoit pas plus leur mort, qu'il redoubtoit leur vie.

V.

Ces pompeux appareils, ces Throſnes merueilleux
Ces Thriomphes diuins des Ceſars orgueilleux
Ne les flattoient donc point tant comme leur Couronne,
Le François n'a iamais dreſſé ceſt apparoy
Pour flatter le bon-heur & le Sceptre du Roy,
N'ayant oncques rien eu plus cher que ſa perſonne.

V I.

Tandis que les eſclats de ſes guerriers efforts
Eſcarteloient les ranges des eſcadrons plus forts
Tandis que l'on l'a veu camper en vne plaine,
Le François n'a voulu ſon Triomphe appreſter,
Comme fidele amy plus prompt à le quitter
Au feſt de ſon bon-heur qu'au milieu de ſa peine.

V I I.

Meſmes ayant dompté ſes plus fiers ennemis
Apres auoir rendu ſes Palmes à Themis
Où ſont ſes monumens d'or, de marbre, ou d'iuoire?
Les Dieux par tout diffuz n'ont point de lieu borné,
Luy n'ayant à ſon los aucun terme donné
N'a moit autre appareil que celuy de ſa gloire.

VIII.

Le Cœur de ses subjets fut de luy plus prisé
Qu'vn Mausolé où qu'vn Phar qui peut estre brisé,
Par le foudre du Ciel, par la lime des aages,
Non qu'il n'eust plus d'honeur que tous les Roys vainqueurs
Tant qu'il eut de subjets, autant eut il de cœurs,
Et tant qu'il eut de cœurs, autant eut il d'Images.

IX.

L'on debuoit toutefois buriner sa grandeur
En quelque ouurage exquis, afin que la candeur
De ceux qui l'ont aymé parut plus esclatante,
Le Soleil quoy que grand flotte dans vn ruisseau,
Le Geant au cristal. & au petit vaisseau
L'on reserue souuent la Myrrhe & le Nepenthe.

X.

Aussi tout l'vniuers meslant à son subjet
Le Triomphe à la mort, la loüange au regret:
A tesmoigné l'honneur qu'il debuoit à ses armes:
Rome donne son cœur, la Flandre son tourment,
L'Aleman ses regrets, l'Anglois son troublement,
La Nauarre ses yeux, & la France ses larmes.

X I.

FLORENCE qui mesloit sa Fleur sa nos Fleurons
Souflant dans nos vergers, l'odeur que nous flairons
Apres mille sanglots, apporte son ouurage
Nous dictant que le cœur aggraué de douleurs
Doibt frapper tout le corps de semblables malheurs,
Et que la main se doibt accorder au courage.

XII.

La main ne dementant son courage loyal
Dressa l'ordre pompeux du Triomphe Royal,
Esleuant le portraict de ce Monarche en bosse.
Puis d'vn doigt inuentif & d'vn esprit heureux
Fist parade qu'vn Roy si grand & genereux,
Ne debuoit estre assis que sur vn grand Colosse.

XIII.

Ainsi l'œuure suyuant de si pres l'action
L'art à touché le but de la perfection:
Et à mis en accord la difference extreme
Le traict au naturel, la couleur aux humeurs
Le portraict au naif, & la decence aux mœurs,
Et l'vn des plus grands Roys sur vn cheual de mesme

XIIII.

Ce DVC que la vertu à voulu baptiser
De ce tiltre de Grand scachant autant priser,
La valeur que son bras la peut mettre en pratique
Voulut en vn portrait figurer la valeur
Et pour modelle il prit les traits & la coulour,
D'vn qui passe en valeur les guerriers de l'Attique

X V.

Oultre que pour loyer d'vn Roy plein de bonté
Pour luy rendre le prix de l'honneur merité,
Il estoit bien besoing d'vn Duc, ou d'vn grand Prince
France tu dois beaucoup à ce Duc genereux
Qui ta fourny la fleur de son estoc heureux,
Sous qui doibt l'vniuers n'estre qu'vne prouince.

Dessa

XVI.

Defia ce vaillant Duc a le chemin battu
Contre le Turc felon fi fouuent combattu,
Laiffant à fes Nepueux cette douce fiance
Que le Turc tremble au nom du Duc des Florentins
Qu'il friffonne au penfer des François Palatins,
Et que fa fin deffend de FLORENCE ou de France.

XVII.

Auffi ces deux maifons iointes diuinement
Prendront de l'vniuers le doux gouuernement,
Et tiendront foubs leurs loix cette machine ronde
Les fils d'Hercul n'eftoient nez que pour commander
Et le deftin s'eft pleu d'vnir & d'accordé,
Ces deux grandes maifons pour gouuerner le monde.

XVIII.

Or bien que l'artifan ait voulu s'efforcer
En ceft œuure Royal, tout d'vn coup à tracer,
Le pouuoir d'vn Grand Duc, & vn Royal courage
Ce Roy paffe l'engin des ouurages diuers
Et ce Duc le plus grand qui foit dans l'vniuers,
Surmonte de bien loing la grandeur de l'ouurage.

XIX.

Quand ie voy ce Cheual haut efleué dans l'air
Foulant du pied les eaux il me femble parler,
Ce Monarque n'eut rien de pareil fur la terre
Le flot qu'il a renclos d'vn fi fier baftiment
Atefte que pouuant brider cet element,
Il pouuoit bien dompter les hommes à la guerre.

B

X X.

Ce pied qui tient en l'air actif à demarcher
Semble dire au françois que l'on debuoit chercher,
Des sceptres à ce Roy dignes de sa vaillance
Sans le destin cruel, on l'eut veu quelque iour
Es quartiers plus loingtains arrester son seiour,
Et mettre Pau en Prague & Paris en Bizance.

X X I.

Seine qui dessous luy coule si doucement
Vers son pere Neptun, estoit le truchement,
Des mers que ce grand Roy ioindroit à sa Couronne
Son renon court desia iusqu'aux derniers mortels
Et la Gent mange-humains sans Dieu & sans autels,
Voit dessus ses costaux nostre lys qui fleuronne.

X X I I.

Ce Colosse brauard qui semble des nazeaux
Ronfler vn air espais qui va troublant les eaux,
Porte ce braue Roy la teste descouuerte
Afin que le vaincu de ce Mars foudroyant
Des le premier esclair de son port attrayant,
vienne esperer plustost son pardon que sa perte.

X X I I I.

Outre que vers le Ciel tenant le chef tout nu
Il semble tesmoigner, Cieux qui m'auez cogneu
Pour le plus grand des Roys qui porte diadesme
Ie mets bas deuant vous mon Tyare brauant
Ainsi qu'à l'aduenir les Seigneurs du Leuant
Mettront bas leur Turban au deuant du mien mesme.

XXIIII.

Mon Louure tient enclos aupres de mon costé
Deux foudres menaçans le Croiſſant argenté
Qui commande aux vergers ou le Iourdain ſe roule
L'vn d'eux ira planter mon Sceptre fleuriſſant
Et rauiſſant pour ſoy l'infidelle Croiſſant
D'vn cercle my-party en fera vne boule.

XXV.

Ce Monarque eſt aſſis ſur ce bronze entaillé
Comme vn autre Soleil, ſur ſon char eſmaillé,
Vn Iuge au Tribunal, Neptune parmy l'onde
Chloris ſur les zephirs, Iupin entre les Dieux,
Flore deſſus les Lys, l'Amour dedans les yeux
Et vn Mars à cheual qui gouuerne le monde.

XXVI.

Que ſi tu ne le vois dans vn char triomphant
Mené par vn Lion ou par vn Elephant
Ou ſur vn monſtre hydeux que cela ne te faſche,
L'on doit eſtre à cheual pour dompter l'ennemy
L'on doit eſtre à cheual pour ſecourir l'amy.
Le Lion n'eſt pas ſeur, l'Elephant eſt trop laſche.

XXVII.

Cet Antoine Romain qui parmy les citez
Pompeux eſtoit tiré par des Lions domptez
Fut dompté par Auguſte en bataille nauale,
Le grand Daire Perſan ſur vn char pourmené
Et de cent Elephans ſuperbement cerné,
Ceda au Macedon monté ſur Bucephale.

B iij

XXVIII.

Le Cheual de Cesar, les Castors Caualiers,
Les Coursies genereux des valeureux guerriers,
Placez par les Romains au milieu de leur fore
.I. Celuy qui par le sort donna la Royauté
Pegase où Bucephale est cent fois plus vanté
Que tous les Elephans du magnanime Pore.

XXIX.

Le Colosse orgueilleux du douziesme Cæsar
en Et ce baueux coursier figuré par hazar
ts. N'ont bruit que d'vn pinceau, & d'vne Muse acorte,
Cestuy-cy n'a renom que de son gouuerneur
Où bien s'il à de soy quelque marque d'honneur
C'est qu'il porte celuy que tout le monde porte.

XXX.

Que si ce Prince n'est orné diuersement
S'il n'est de huict coursiers trainé pompeusement
Il à huict Parlemens, & des Cours souueraines,
Platon veut voir les Roys sur des villes montez
de Aussi ce Prince est mieux porté de ses Citez
Que sur le col dompté des feres inhumaines.

XXXI.

Iamais il n'a semblé ces Princes arrogans
Que quatre colombeaux couuerts de doux vnguents
liu. Parfument au bransler de leur plume legere
Cypre ce sont les Roys que tu as maintenus
Lasches Roys & enfans d'vne lasche venus
Mere digne des fils, fils dignes de la Mere.

XXXII.

Sa naiſſance fit voir quel courage il auroit
Lors que gouſtant l'eſclat du iour qui l'eſclairoit,
Il ne ietta ny cris, ny larmes enfantines
Et le vaillant Albret le voulant animer
A ſuyure la vertu qui ſe paiſt de l'aimer,
Luy frotta d'vn cap d'ail ſes leures coralines.

XXXIII.

Ceſte targue eſt de Mars qui forçant traits & dards
Sur vn fougueux genet foule aux pieds les ſoldats,
Eſpouuante, eſbloüit, eſbranſle, abbat & tue,
Curſe ſur vn cheual, de ſes armes veſtu
Monſtra ce que pouuoit l'eſclat de la vertu,
Et comment la vertu debuoit eſtre veſtuë.

XXXIV.

Si le chef d'vn cheual rencontré par deſtin
Fut le ſigne arreſté & l'oracle certain,
Du courage guerrier du peuple de Carthage
France reſiouis-toy ce Cheual tout entier
Teſmoigne deſormais qu'en ce furieux meſtier,
Carthage cede au feu de ſon braue courage.

XXXV.

Si nos Peres Troyens matez, recreux & las
D'vn ſiege de dix ans, & trahis de Pallas,
Ont veu par vn cheual leur ville demurrée
Par contraire deſtin nos Nepueux apprendront
Que les traiſtres contre eux iamais n'entreprendront
Tandis que ce Cheual aura quelque durée.

4

XXXVI.

Les canons fouldroyans eslancez au dresser
Du Colosse Royal nous voulurent tracer,
Que ce son n'estoit rien qu'vn fredon de trompette
Mais contre les mutins qui oseroient fascher
Les Roys de cest estat tenu des Cieux si cher,
Ce ne seroient qu'esclats de foudre & de tempeste.

XXXVII.

Aussi quand le soldat marchant en garnison
Passe deuant ce Roy son cœur comme vn tison,
Brille, tressaut, esclatte, & petille à la guerre,
Et la mesche au foyer mal gré luy se trainant
Lasche & lance le heurt de ce foudre tonnant,
Qui saluë son Roy comme fils du Tonnerre.

XXXVIII.

Geste escharpe au milieu de l'estomac flottant
Cache le lieu secret de ce cœur palpitant,
Que ce bon Roy laissa à la france pour gage
Craignant que le François d'vn poignant deuil espris
Perdant auec son Roy le cœur & les esprits,
Ne demeurast sans vie, ou bien sans son courage.

XXXIX.

Outre que dans le rond de ce collier frangé
Ce vaillant Cheualier me semble auoir rangé,
La Genette à Martel, Rayné Duc à sa Lune
L'astre estoillé à Iean, la Colombe à Henry
La coquille à Louys, & d'vn bras aguerry,
Assemblé leur valeur à sa bonne fortune.

X L.

Le baston Triomphal tenu du bras guerrier
S'il eut esté de bois se fut ja fait Laurier,
Ou pour croistre la paix, Oliue fortunée
Quelque iour nos Nepueux le verront refleurir
Et les peuples lointains viendront pour le cherir,
Plus prisé mille fois que le rameau d'Aenée.

X L I.

Son sommet d'autres chefs nullement parsemé
Mais en boule & en rond parfaitement formé,
N'a les cornes du Turc, ny les dents de Neptune.
Car le lustre François soubs ce Roy fleurissant
Et dessous les enfans de ses enfans croissant,
Ne sera point borné que du Ciel de la Lune.

L X I I.

Bien que le coutelas qui pend à son costé
Comme l'auoit Pelops, n'ait le pommeau vouté,
Du prodigue ornement de la corne Amalthée
Si a-il espandu nous ramenant la paix
Vne foison de biens heureusement espais,
Foison qui iusqu'icy n'a peu estre arrestée.

X L I I I.

Son tranchant à calmé les orages diuers
Il a desia creué les orageux hyuers,
Dont Mars battoit la France en sa rage peruerse
Tranchant qui mis en l'air calma nos tourbillons
Nos tempestes, nos bruits, nos vents & nos boullons,
Mieux que l'acier vanté de la Royne de Perse.

X LIIII.

Ces lames de Damas, ces coutelas enhantez
Ces brancs que nos guerriers portoient à leurs costez,
Soubs des tiltres pompeux bruyent dedans l'histoire
Mais Ioyeuse, Corto, flamberge D'ordonnois
Rompie, Durendal, & Courtin le Danois
Cedent à son taillant & bien plus à sa gloire.

X L V.

Ce Colosse n'est point dans vn Louure fermé
Ce Monarche n'est point d'vn Palais enfermé,
Nos serrails sont petits & son merite extreme
Pour donner à ce Prince vn Royal ornement
La terre luy debuoit seruir de fondement,
Et pour Ciel il falloit luy donner le Ciel mesme.

X L V I.

Mais qui voudra ton los grand Monarche chanter
Qui voudra tes honneurs par la terre vanter,
Sa plume autant que toy doibt estre renommée
Si son vers n'est d'acier & son papier d'airain
Si son vers dans le fer n'est taillé d'vn burin,
Son œuure perira deuant ta renommée.

X L V I I.

Passant qui vois ce Bronze arreste & li ces vers
Portez aux quatre coings de ce vaste vniuers,
Ce vainqueur n'a cedé qu'à la Parque cruelle,
Encor sans le trahir d'vn coup trop malheureux.
Ne peust-elle dompter ce Prince valeureux,
Qui eut tué la mort s'elle eut esté mortelle.

Deus nobis hæc otia fecit.